VÉLOCIRAPTOR
DILOPHOSAURE
QUETZALCOATLUS
STÉGOSAURE
ANCHIORNIS
TYRANNOSAURE

LA GESTE

www.gesteditions.com

Par ce logo, nous témoignons d'une volonté de réduire les impacts environnementaux liés aux activités de l'imprimerie. Nous choisissons un imprimeur impliqué dans la réduction des gaz à effet de serre. Le choix de nos papiers assure que la production a été faite à partir d'un produit à base de bois et a suivi le cahier des charges d'une gestion durable des forêts européennes.
Achevé d'imprimer chez PBtisk en Union Européenne en octobre 2019.
Loi n° 49-956 du 16 juillet 1949 sur les publications destinées à la jeunesse.

Mise en page : Les ateliers Geste
Dépôt légal : second semestre 2019

11, rue Norman-Borlaug
79260 La Crèche
05 49 05 37 22
contact@gesteditions.com

LES P'TITS SECRETS DES DINOSAURES

Véronique HERMOUET – Luc TURLAN

NOM :

PRÉNOM :

VILLE :

LES MINI-GUIDES DÉCOUVERTE

la petite école de crapoto

Petit Geste

– Bonjour Crapoto ! Tu n'es pas inquiet de te promener avec un dinosaure à côté de toi ?

– **Un dinosaure ?** Où ça ?

– Moi, Crapoto, je suis un dinosaure.

– Je ne comprends pas Baskèze, tu es un poulet !

– Exactement ! Et comme tous les oiseaux, je suis un descendant direct des dinosaures. Je vais t'expliquer.

ENTRE LA DISPARITION DES DINOSAURES ET L'APPARITION DU PREMIER ANCÊTRE DE L'HOMME, IL S'EST ÉCOULÉ PRESQUE 60 MILLIONS D'ANNÉES ! DONC AUCUN HOMME PRÉHISTORIQUE N'A JAMAIS RENCONTRÉ DE DINOSAURE.

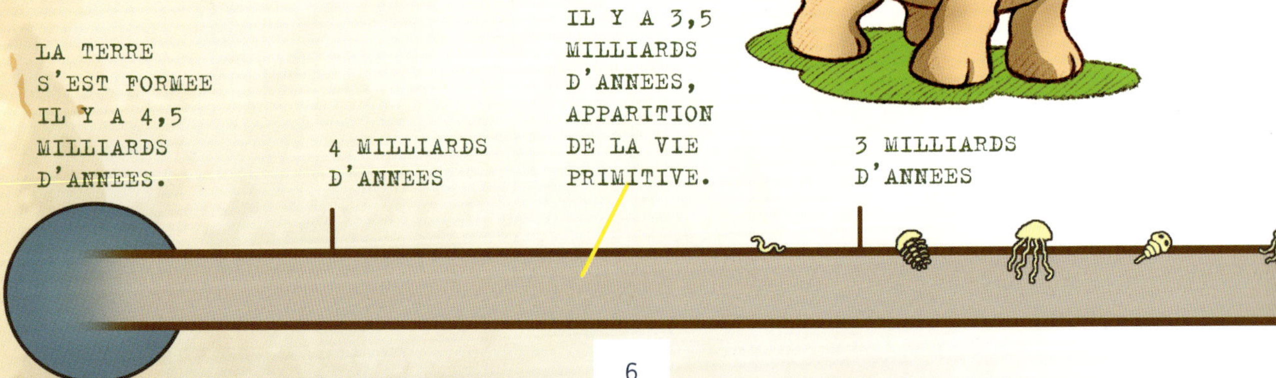

LES OISEAUX ET LES DINOSAURES ONT DES SIMILITUDES. EN ÉTUDIANT LES SQUELETTES FOSSILES, ON RETROUVE UNE PARENTÉ CERTAINE.

LES DINOSAURES ONT RÉGNÉ SUR LA TERRE PENDANT 160 MILLIONS D'ANNÉES.
ILS ONT DISPARU DEPUIS 66 MILLIONS D'ANNÉES.

LES PLUS LOINTAINS ANCÊTRES DE L'HOMME SONT APPARUS IL Y A SEULEMENT 7 MILLIONS D'ANNÉES.

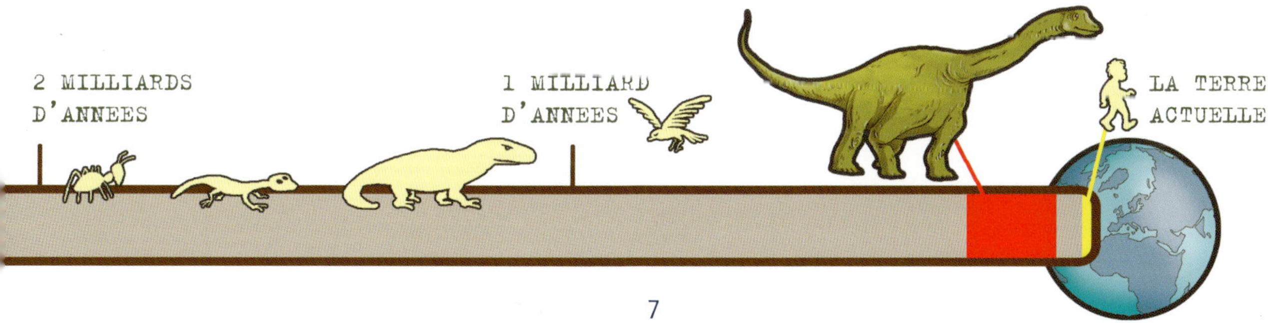

– Les premiers dinosaures sont apparus sur la Terre il y a environ **230 millions d'années**. Certains ont même été les plus grands animaux terrestres ayant existé. Il existait de nombreuses espèces de dinosaures, **herbivores** ou **carnivores**. Elles ont toutes disparu aujourd'hui, sauf les oiseaux.

– Si elles ont disparu, comment sait-on tout ça ?

– Grâce aux **fossiles**. Ce sont des restes ou des traces de ces animaux qui ont été pétrifiés avec le temps. Des os, des empreintes, et même des plumes, parfois...

LE MOT DINOSAURE SIGNIFIE « LÉZARD TERRIBLE » EN GREC. IL A ÉTÉ INVENTÉ EN 1842 PAR UN SCIENTIFIQUE BRITANNIQUE, RICHARD OWEN. ON SAIT AUJOURD'HUI QUE LES DINOSAURES N'ÉTAIENT PAS DES LÉZARDS. MAIS ON RETROUVE "SAURUS" DANS BEAUCOUP DE NOMS DE DINOSAURES.

TYRANNOSAURUS : LÉZARD TYRAN
STÉGOSAURUS : LÉZARD À TOIT
ANKYLOSAURUS : LÉZARD LOURD
DILOPHOSAURUS : LÉZARD À DEUX CRÊTES
MUSSAURUS : LÉZARD SOURIS
CÉTIOSAURUS : LÉZARD BALEINE
STRUTHIOSAURUS : LÉZARD AUTRUCHE
CACHARODONTOSAURUS : LÉZARD À DENTS DE REQUIN
MÉGALOSAURUS : LÉZARD GRAND
HÉTÉRODONTOSAURUS : LÉZARD À DENTS VARIÉES
PTÉROSAURUS : LÉZARD AILÉ

LES SCIENTIFIQUES QUI FONT DES RECHERCHES SUR LES DINOSAURES SONT DES PALÉONTOLOGUES. LA PALÉONTOLOGIE CONSISTE À ÉTUDIER LES FOSSILES DES ÊTRES VIVANTS POUR RETRACER L'HISTOIRE ET L'ÉVOLUTION DE LA VIE.

PARFOIS, LES FOSSILES SONT PARFAITEMENT CONSERVÉS. LE PLUS SOUVENT, IL NE RESTE QUE QUELQUES FRAGMENTS DISPERSÉS. LE TRAVAIL DE RECONSTITUTION EST ALORS TRÈS COMPLIQUÉ ET TRÈS LONG.

– On a trouvé des fossiles de dinosaures partout, sur toute la planète.

– Ils ont traversé les océans ?

– Non, Crapoto. À cette époque, notre monde n'avait pas du tout le même aspect. Il n'y avait qu'un seul continent : **la Pangée**. Au cours du temps, celui-ci s'est divisé en plusieurs morceaux qui ont **dérivé** pour former les continents actuels.

LE MOT **"PANGÉE"**, VIENT DU GREC ET SIGNIFIE "TOUTES LES TERRES".

IL Y A ENVIRON 300 MILLIONS D'ANNÉES, LA TERRE NE COMPTAIT QU'UN SEUL CONTINENT : LA PANGÉE. PENDANT DES MILLONS D'ANNÉES, CE CONTINENT S'EST LENTEMENT DISLOQUÉ POUR DONNER NAISSANCE AUX CONTINENTS QU'ON CONNAÎT AUJOURD'HUI.

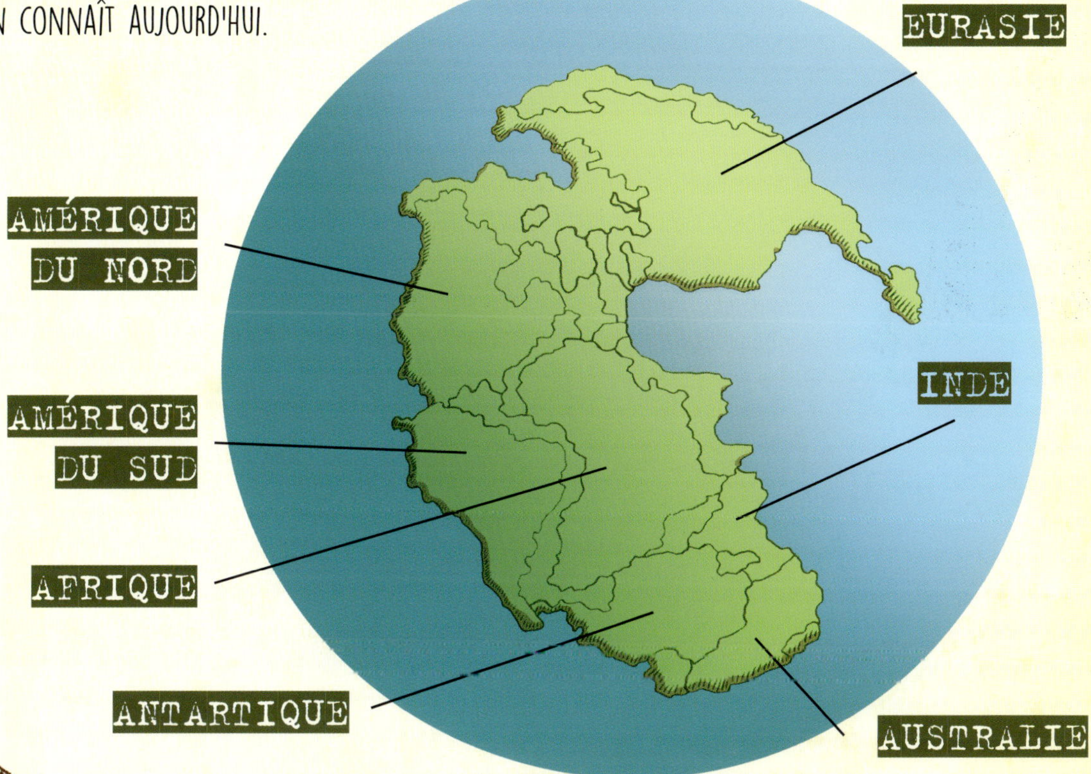

LES DINOSAURES PONDAIENT DES ŒUFS DANS DES NIDS, COMME LES OISEAUX. BEAUCOUP DE FOSSILES D'ŒUFS ONT ÉTÉ RETROUVÉS ET, POUR CERTAINES ESPÈCES, ILS POUVAIENT ATTEINDRE JUSQU'À 50 CM !

– De tous les dinosaures, les plus connus sont les **tyrannosaures**. On connaît plus de 30 espèces de tyrannosaures, la plus célèbre étant le tyrannosaurus rex. Ce carnivore géant de **5 mètres** de haut et **13 mètres** de long, pesait plus de **6 tonnes** ! Il pouvait se déplacer assez vite malgré sa taille, sans doute de 15 à 20 km/h. Et sa mâchoire puissante était armée de dents de 18 cm de long !

– Misère ! Je n'aurais pas voulu le rencontrer !

– Ah ! Ah ! Ah ! Tu as raison. Bien que les tyrannosaures soient mes ancêtres directs, je suis beaucoup moins effrayant !

LA PLUPART DES DINOSAURES, DONT LE TYRANNOSAURE, NE POUVAIENT PAS TIRER LA LANGUE. CELLE-CI ÉTAIT COLLÉE AU FOND DE LA GUEULE, COMME LES ALLIGATORS PAR EXEMPLE. BIEN SÛR, IL Y A DES EXCEPTIONS : LE TRICÉRATOPS, HERBIVORE, POUVAIT ATTRAPER DES FEUILLES GRÂCE À UNE LANGUE PLUS MOBILE QUE CHEZ D'AUTRES ESPÈCES.

LE T-REX EST SOUVENT MIS EN VEDETTE AU CINÉMA, COMME DANS JURASSIC PARK OU L'ÂGE DE GLACE 3.

– Pourtant, il y avait plus impressionnant que le T-Rex : le **spinosaure**, avec ses 11 tonnes pour 17 mètres de long, c'était le plus grand dinosaure carnivore connu. Plus modeste, long de 1,5 mètre avec 70cm de hauteur pour 20 kilos, le **vélociraptor** n'en était pas moins redoutable avec une griffe rétractile sur les membres inférieurs. Le plus petit était sans doute le **compsognathus**. Seulement 1 mètre de long pour 2,5 kilogrammes, un peu plus gros qu'une poule, donc. Cependant on pense qu'il pouvait courir à plus de 60 km/h.

– Il était donc bien plus rapide que toi !

– C'est sûr, je ne m'entraîne pas assez...

LES DINOSAURES AVAIENT PROBABLEMENT LE SANG CHAUD, CONTRAIREMENT AUX REPTILES.

SPINOSAURE

LE GROUPE DES THÉROPODES COMPREND TOUS LES DINOSAURES CARNIVORES. ILS ÉTAIENT TOUS BIPÈDES. C'EST-À-DIRE QU'ILS MARCHAIENT SUR DEUX PATTES, COMME LES OISEAUX.

VÉLOCIRAPTOR

CONTRAIREMENT À L'IMAGE QUI EST VÉHICULÉE AU CINÉMA, LE VÉLOCIRAPTOR ÉTAIT COUVERT DE PLUMES. MAIS IL NE VOLAIT CERTAINEMENT PAS.

– Il y a beaucoup d'autres dinosaures célèbres qui étaient herbivores : le **tricératops**, avec ses trois cornes, le **stégosaure** avec ses drôles de plaques sur le dos ou le **séismosaure**, ce **diplodocus** géant de près de 50 mètres de long et ses plus de 45 tonnes. Un record !

– Et celui-là, il est étonnant !

– C'est un **ankylosaure**. Il est protégé des prédateurs par une cuirasse épaisse sur le dos et sa queue se termine par sorte de massue osseuse avec laquelle il peut se défendre.

L'ANKYLOSAURE N'A PAS DE PROTECTION SUR LES PATTES ET LE VENTRE. IL DEVAIT SANS DOUTE S'APLATIR AU SOL POUR ÉCHAPPER À D'ÉVENTUELLES ATTAQUES.

LE GROUPE DES **SAUROPODES** EST CONSTITUÉ DE DINOSAURES HERBIVORES DE GRANDE TAILLE, AVEC UN LONG COU ET UNE LONGUE QUEUE. C'ÉTAIENT DES QUADRUPÈDES. C'EST-À-DIRE QU'ILS MARCHAIENT SUR QUATRE PATTES.

DE NOMBREUSES TRACES DE SAUROPODES RETROUVÉES MONTRENT QU'ILS DEVAIENT VIVRE EN GROUPE ET DONC AVOIR UNE CERTAINE ORGANISATION SOCIALE.

LE CERVEAU DU **STÉGOSAURE** ÉTAIT GROS COMME UNE NOIX OU UNE BALLE DE GOLF. SES PLAQUES SUR LE DOS SERVAIENT SANS DOUTE À CAPTER OU ÉVACUER LA CHALEUR.

LE **TRICÉRATOPS** EST UN DES DINOSAURES LES MIEUX CONNUS. ON A RETROUVÉ 500 CRÂNES EN AMÉRIQUE DU NORD.

LE **SEISMOSAURUS** SERAIT LE PLUS LONG DES DINOSAURES (PRESQUE 50 M, COMME 5 AUTOBUS LES UNS DERRIÈRE LES AUTRES).

MALGRÉ SON LONG COU, LE DIPLODOCUS NE MANGEAIT CERTAINEMENT PAS LES FEUILLES EN HAUTEUR. L'ÉTUDE DE SES VERTÈBRES MONTRE QU'IL DEVAIT BROUTER LA VÉGÉTATION AU SOL.

– Parmi les animaux fantastiques qui peuplaient la Terre à cette période, certains n'étaient pas des dinosaures. Les **ptérosaures**, par exemple, étaient plutôt des reptiles capables de voler. Les plus grands ptérosaures, comme **Quetzalcoatlus** ou **Hatzegopteryx**, pouvaient atteindre plus de douze mètres d'envergure !

CERTAINES ESPÈCES DE DINOSAURES ÉTAIENT COUVERTES DE PLUMES, NON PAS POUR VOLER MAIS PLUTÔT POUR MAINTENIR LEUR TEMPÉRATURE. CONCERNANT LE T-REX, ON N'A AUCUNE CERTITUDE À L'HEURE ACTUELLE ET LES SCIENTIFIQUES NE SONT PAS D'ACCORD SUR CE SUJET.

LE **QUETZALCOATLUS** A ÉTÉ UN DES PLUS GROS ANIMAUX VOLANTS AYANT JAMAIS EXISTÉ. UNE PARTIE DE LEUR SQUELETTE ÉTAIT CREUSE, CE QUI LES RENDAIT PLUS LÉGER POUR VOLER. IL DEVAIT TOUT DE MÊME PESER PAS LOIN DE 100 KG !

CE GÉANT DU CIEL SE DÉPLAÇAIT À QUATRE PATTES QUAND IL ÉTAIT AU SOL. ON A RETROUVÉ DES EMPREINTES QUI LE PROUVENT.

UN **PTÉROSAURE** N'EST PAS UN DINOSAURE MAIS PLUTÔT UN REPTILE VOLANT.

– Ils étaient de quelles couleurs, les dinosaures ?

– Hélas, les fossiles ne peuvent pas nous donner toutes les informations. Tu as raison, on n'est pas sûr de les représenter comme ils étaient réellement. On imagine beaucoup, sans certitude. Néanmoins, des chercheurs ont réussi à reconstituer les teintes de l'**anchiornis**, un dinosaure à plumes, grâce à des fragments de cellules fossilisées responsables de la couleur.

– C'est la même chose pour leurs cris ?

– Exactement. On fait des suppositions en étudiant les ossements et en les comparant à des animaux actuels, mais personne ne sait précisément quel bruit faisaient les tyranosaures.

ANCHIORNIS

DINOSAURE À PLUMES DONT ON A RECONSTITUÉ LA COULEUR D'APRÈS LES MÉLANOSOMES FOSSILISÉS.

POUR LA PLUPART DES DINOSAURES, LES SCIENTIFIQUES NE PEUVENT QU'IMAGINER LEURS COULEURS... TOUT EST ALORS POSSIBLE...

ON PENSE QUE LES DINOSAURES NE RUGISSAIENT PAS COMME DANS LES FILMS. ILS ÉMETTAIENT PEUT-ÊTRE PLUTÔT UNE SORTE DE ROUCOULEMENT RAUQUE EN GARDANT LA BOUCHE FERMÉE. MAIS RIEN N'EST PROUVÉ !

DILOPHOSAURUS AVAIT DEUX CRÊTES SUR LA TÊTE. IL EST PARFOIS REPRÉSENTÉ AVEC UNE COLLERETTE MAIS AUCUNE TRACE FOSSILE PERMET DE L'AFFIRMER.

– Mais les dinosaures n'étaient pas seuls sur Terre. Des animaux marins, reptiles, tortues, crocodiles, petits mammifères, et insectes côtoyaient les dinosaures.
– Des insectes comme les sauterelles et les mouches qu'on voit encore de nos jours ?
– Oui, sauf qu'à cette période, les insectes étaient beaucoup plus grands ! Imagine un mille-pattes de 2,50 m de long !
– Brrrr... tu as raison,
je préfère
les libellules
d'aujourd'hui !

AU TEMPS DES DINOSAURES, ON POUVAIT CROISER DES ARAIGNÉES DE PRÈS DE 35 CM, DES SCORPIONS D'UN MÈTRE DE LONG ET TOUTES SORTES D'ANIMAUX RAMPANTS, COMME L'ARTHROPLEURA, UN GENRE DE MILLE-PATTES DE 2,50 M DE LONG. MAIS LES PLUS IMPRESSIONNANTS DE TOUS ÉTAIENT SANS DOUTE LES LIBELLULES, MEGANEUROPSIS PERMIANA, DONT L'ENVERGURE ATTEIGNAIT 80 CM !

DE NOS JOURS, DANS LES RÉGIONS TROPICALES, LA PLUS GRANDE LIBELLULE NE DÉPASSE PAS 20 CM D'ENVERGURE.

– Et pourquoi n'y a-t-il plus de dinosaures ?
– On sait qu'une **météorite de 10 km** a heurté la Terre il y a **66 millions d'années**. L'impact aurait soulevé un nuage de débris et de poussière qui a plongé la Terre entière dans l'obscurité pendant plusieurs mois. Cette catastrophe aurait provoqué l'exctintion des dinosaures et de nombreux êtres vivants sur la Terre.
– Mais quelques espèces ont survécu ?
– Oui, les oiseaux par exemple et certains mammifères, qui, au fil du temps, sont devenus dominants sur la planète.

LA MÉTÉORITE TOMBÉE AU MEXIQUE A PLONGÉ LA TERRE DANS UNE NUIT DE PRESQUE DEUX ANS. LES PLANTES, QUI ONT BESOIN DE LUMIÈRE, ONT DÉPÉRI. LES HERBIVORES NE POUVANT PLUS SE NOURRIR ONT DISPARU, LAISSANT DONC LES CARNIVORES SANS NOURRITURE. C'EST AINSI QUE 80% DES ESPÈCES SE SONT ÉTEINTES. MAIS LES INSECTES, EUX, ONT MIEUX RÉSISTÉ, AINSI QUE LES OISEAUX ET CERTAINS ANIMAUX DE PETITE TAILLE.

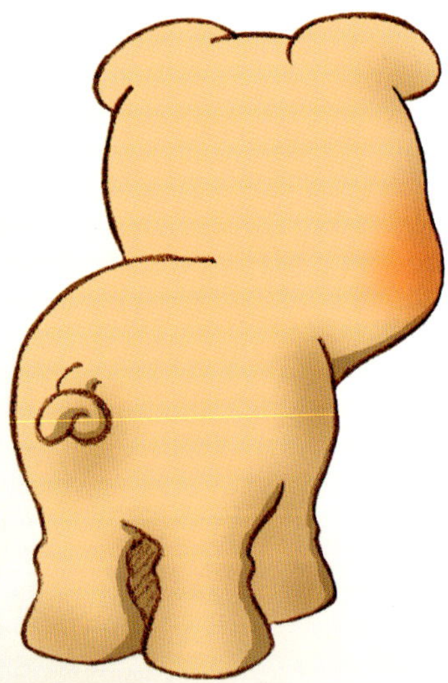

DES SIMULATIONS MONTRENT QUE LA CHUTE DE CETTE MÉTÉORITE AURAIT PROVOQUÉ UNE VAGUE DE 1500 MÈTRES DE HAUT DANS LE GOLFE DU MEXIQUE. CE TSUNAMI SE SERAIT PROPAGÉ DANS TOUS LES OCÉANS DU GLOBE.

AU MEXIQUE, LES CHERCHEURS ÉTUDIENT ENCORE LE CRATÈRE DE CHICXULUB DONT LES RESTES ONT UN DIAMÈTRE DE 180 KM.

– La **paléontologie** est passionnante. On trouvera peut-être un jour un crapotosaure ?
– Ça m'étonnerait, Crapoto. Tes ancêtres étaient les entélodontes, une famille de mammifères préhistoriques qui a vécu bien après la disparition des derniers dinosaures.
– Alors tant mieux, ils n'ont pas pu rencontrer de tyrannosaure !

ON PEUT VOIR DE NOMBREUX FOSSILES DE DINOSAURES ET DES RECONSTITUTIONS DE SQUELETTES TRÈS IMPRESSIONNANTS AU MUSÉUM NATIONAL D'HISTOIRE NATURELLE À PARIS, DANS LA GALERIE DE PALÉONTOLOGIE.

POUR DEVENIR PALÉONTOLOGUE, IL FAUT FAIRE DES ÉTUDES SCIENTIFIQUES, OBTENIR UN MASTER EN PALÉONTOLOGIE PUIS UN DOCTORAT. DONC, HUIT ANNÉES D'ÉTUDES APRÈS LE BAC.

Joue avec Crapoto

Jeu 1

QUEL CHEMIN, BASKÈZE DOIT-IL PRENDRE POUR TROUVER LES ŒUFS DE DINOSAURES ?

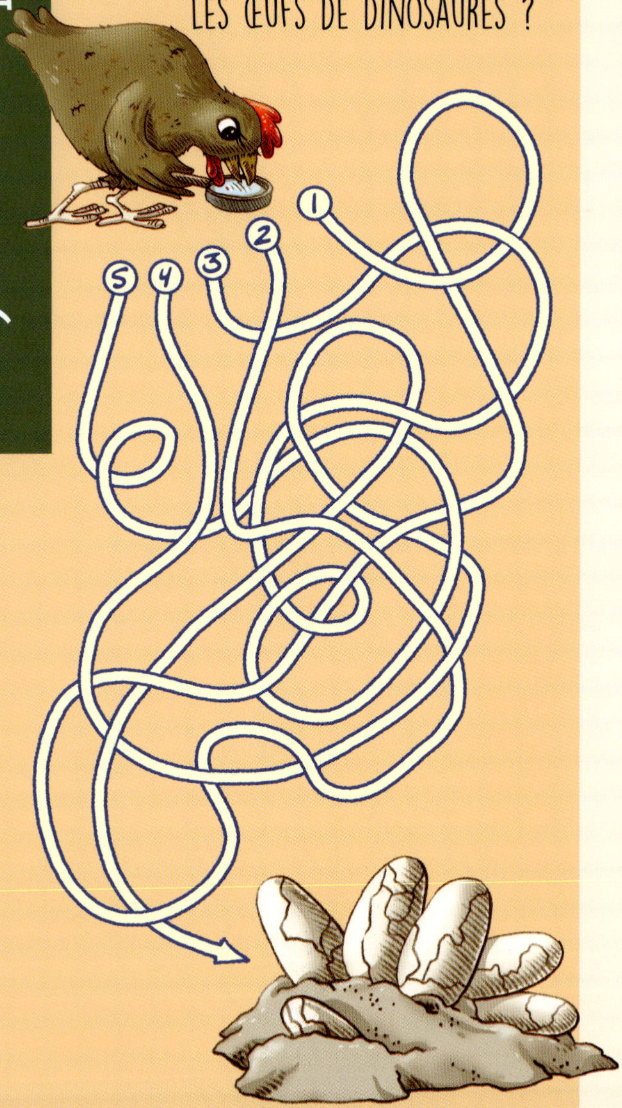

Jeu 2

QUELLE EST LA BONNE OMBRE ?

QUELLES SONT LES 5 DIFFÉRENCES ENTRE CES DEUX IMAGES ?

Solution des jeux

Jeu 1

Le bon chemin est la 4.

Jeu 2

La bonne ombre est la 1.

Jeu 3